현대시세계 시인선 127

저녁이 슬그머니

나석중
시집

저녁이 슬그머니

나석중
시집

도서출판 북인

시인의 말

내 시는 거의 베낀 것들이다

하늘과 구름, 해와 달과 별
바람과 세월, 산과 강과 바다
나무와 새와 바위와 돌과
풀꽃과 나비와 벌과 매미와
아침과 저녁과 일출과 일몰과

주인 없는 것들을 필사했다

2021년 봄을 보내며
나석중

차례

2부 작은 꽃

3부 애월涯月에서

4부 사랑의 수의

1부

바람의 기원

새의 눈물

새가 울 때 당신은
새의 눈물을 본 적 없다지만

나는 보았다

그건 여간 뜨거워서
바람이 슬쩍 받아가는 것을

묵은 사과

주춤거리던 사과
살짝 칼등으로 사과를 노크한다
단박에 사과 칼날 들이밀면 놀라서
아픈 사과가 되겠지
근육주사를 놓듯 기억을 환기하는 게 좋겠지
묵은 사과가 육향이 짙은 것은
수치와 민망과 미안과 무안이 섞여
한몸으로 푹, 숙성된 때문일까
사과는 좀 더듬더듬 서툴다
사과는 시야가 뚫린 고속도로처럼 탄탄대로로
사과를 받아주지 않겠다는 듯
사과껍질이 과속방지턱을 넘으며
툭 끊기곤 한다

저녁이 슬그머니

어스름을 입은 저녁이 슬그머니 이녁으로 오고
푸르른 봄날 뜬구름에 실려간 황금수틀은 아름다웠네

노란색 일색으로 황사에 흐려지는 눈총을 외면할 수밖에 없는
꽃다지며 산수유며 수선화 물릴 수 없는 봄은 누구의 봄입니까

지난해 바싹 마른 낙엽 한 장이 빈 소리를 굴리는 저녁이 오니
서쪽 하늘을 바라보는 얼굴이 살굿빛으로 물들어도 좋겠습니까

이제 오늘을 다독이며 안아줄 수 있는 내일은 없으니
저녁이 슬그머니 와도 후회할 저녁이 아니오니

여적餘滴

누군가 붓을 적셔 진기록을 남기겠나

수평선에 유정을 손짓하는 섬들은
올망졸망 아득한 고향 같다

인제는 고향에서 나를 부르는 것 같다
고향에서 부르면 탕아처럼 돌아가야지

돌아가 비로소 아버지를 뵐 수 있겠지

바람의 기원

바람은 어디서 오는지
보이지 않아도 실체를 확신케 하는 바람은

바닷가 몽돌을 보면
점차 내 가슴도 파도를 친다
마침내 나 하나의 단단한 돌이 되어
달그락달그락
그지없는 파도의 노래가 된다

그 누가
한 그릇의 바다를 기우뚱 들고 있어서
파도의 손바닥을 펼치고
바람을 일게 하는지

바람은 보이지 않으면서도 정녕 믿고 싶은
신의 숨결이 분명하다

詩

하늘을 떠돌던 늙은 구름이

어느 날

문득 세상의 근심이 많아져서

단비로 낱낱이 돌아와서는

속속들이 지상의 가뭄 적시고

무량 흘러넘치고도 남는 것

막도장만큼이라도

서랍을 정리하면서
언젠가 딱 한번 써먹었을 도장을 보았다
아직도 나무비린내 나는 목도장
젊은 날 허둥대던 기억 하나
버릴까 말까 하다가 도로 넣어두었다
이제는 쓸데없이 버릴 때가 되었지만
내가 나를 어떻게 버리나, 하기야
나를 버리고 싶은 때가 한두 번 아니었지
무엇을 간직하는 일보다
무엇을 버리는 일이 더 쉽지 않지요
당신은 나를 누구의 대용으로라도
부랴부랴 한번쯤 부리실 날이 있겠는지요
막도장만큼이라도

모래시계

시계는 뒤집어도 시간을 뒤집을 수는 없다

바람의 옷깃에 펄럭이는 시간
가도 가도 되돌아올 수 없는 끝없는 길
나이테나 주름을 보면 시간은 부피가 아니라 길이다

더부룩한 속을 처방전도 없이 약국의 소화제로 다스려왔으나 의사가 어쩌다 이리 늦었냐고 했다
그간 착하게 살자 했으나 시간의 모래알들은 덧없이 흘러가서 막막한 사막으로 누워 있다

아무도 없는 열사의 사막에서 역류할 수 없는 시간의 흐름에서

유리장구의 불안을 가만히 뒤집어놓는다

캠프

유성이 쏟아지는 곳
좋은 때들과 섞이면 잠시라도 기우는 시절은
총총 맑은 때가 된다
한통속으로 농도 수다도 즐겁다
뭐라고 깜박이는 반딧불은 죽은 시인의 혼인지
주제를 버리는 것이 주제다
태우는 건 허망한 문장이고 남는 건
다시 출발할 백지다
백지에서 출발하지만
저마다 도착점이 다르다는 게 희망이다
동심을 잃지 않는 것이 시인정신이라면
하룻밤쯤 시를 버려보면 어떨지
21세기 광해에 희미했던 시인들이 오고 있다
하나둘 오고 있다

절정絶頂

의무를 마친 것들은 아름답다

홀가분하다, 홀가분하다

두려움 없이 몸을 던지는

뭇시선을 사로잡는 단풍잎들

바다를 읽다

포용이란 덕목은 어디까지냐
푸른 앞섶을 열고
빗방울 하나라도 어느 강물이라도
배척한 적 없다
신기루 같은 본문은 수평선 끝에 걸리고
밀려드는 문장은 동어반복의 운율
몸도 마음도 다 열고 리듬을 탄다
마음 훌쩍 뛰어들어 철썩철썩 때를 씻는다
수평선까지 훨훨 날아가
완독하고 돌아온 새가 진부하지 않는 것은
먼저 온 세상 울음이 다 모여서
막 걸어온 자의 눈물을 받아주기 때문이다
청천벽력같이 읽은 후에 보리라
벌떡 일어서는 세상의
가까스로 밀려온 죽은 시편들

테이크아웃

이젠 스릴도 즐기게 되었다
뛰어내릴까 말까
시작은 먹빛이었으나 지금은 익숙해진 보랏빛이다
정처 없는 바람을 믿지 않기로 했다
구름의 천의 얼굴도 보지 않기로 했다
마주앉은 대화는 언제나 뜬구름만큼 부풀리고
다정했던 표정도 스쳐간 바람이었다
욕심 없는 생은 언제나 한 발 늦었고
환송은 기차를 타고 멀리 떠났다
어쩌다 행복의 옷자락이 저만치 뒤돌아서 갈 때에야
뒤늦게 엄지손톱을 물어뜯었다
이명을 자르는 고흐의 귀에서는 검은 피가 흘렀을까
혼자 맞이하는 손바닥에
블랙커피의 따뜻한 외로움이 스며들었다
이제 외로움도 이골이 되었다
혀끝을 홀리던 단맛에서 황폐해가던 정신을
가까스로 구원하게 되었다
혼자 늙어가는 낙락장송을 청승맞다 하지 마라
아슬아슬한 절벽 끝에 서보면 당신도 알게 될 것이다
인생은 누구나 단독자라는 것을

이제는 바쁠 것도 없지만 더 나아가라고
등 떠미는 그 누구도 없다

누선淚腺

바다에서는
먼 데를 바라보게 된다

뭐라 소리치는
쩌렁쩌렁 바다의 목청은 하얗다

저 팽팽한 한 줄 현악의 수평선을
누가 튕기고 있다

내가 그쪽으로 걸어가거나
당신이 이쪽으로 걸어올 것 같은

먼 데를 바라보면 그냥
눈물이 난다

상강霜降

찬 하늘
철새 한 마리

뒤늦게
울고 간 자리

홀로 빈 하늘
빈 술잔

이단異端

달리는 전동차는 신흥 종교의 예배당
나도 개종할 줄 모르는 착한 詩의 신도이다
고개 숙여 스마트폰에 경배하는 신도들 사이
— 믿으면 천국, 불신은 지옥
외치며 설핏 시커먼 물체 하나 지나간다
출시되자마자 이단이란 핍박도 없이
하늘이 낮다고 강철날개를 달지만
문명의 편리에 길눈 어두워지고
지능의 근육은 물렁해진다
이 광신도들의 마음만 사로잡을 수 있다면
피 한 방울 없이 여론조작도 없이
조용한 혁명도 가능하리라
건너편 저 맑은 사춘기라니!
눈물을 짜낼 듯이 웃는 두 소녀의 실루엣
나는 읽던 시집을 다시 꺼낸다
신약도 구약도 없는 인사동은 석양에 붐비고
달리던 전동차가 안국역에서 나를 부린다

간판이 많은 명함은 수상하다*

간판이 많은 명함은 수상하다

나 이런 사람이야, 불쑥 내미는

과시 끝에는 무시가 있다는 걸

모르는 명함은 터럭만큼 무겁다

*오규원의 시 「간판이 많은 길은 수상하다」 변용.

팬데믹Pandemic

전철 입구까지 왔다가 아차!

집으로 되돌아갈 수도 없고 인근 약국에서 마스크를 구입한다. 맞은편에 앉은 중년 여인이 코를 살짝 드러내놓고 스마트폰에 경배하고 있다. 쯧 쯧 돋보기안경에 안개 자욱하고 나는 전동차에 앉아 오며가며 시집 한 권쯤 읽던 때가 먼 옛날이다

상록수 버스정류장에 12시 5분 전에 도착하여 12시 5분에 휴대폰을 친다. 검은 마스크를 쓰고 검은 모자를 쓰고 등장하는 벗을 공범처럼 얼싸안는다. 우리는 복면강도인 듯 백주를 기웃거린다. 인근 식딩에 들어가 앉아 수저통을 열고 수저와 젓가락을 꺼내면서 — 나무젓가락처럼 종이 케이스에라도 넣으면 얼마나 좋아! 요실금처럼 혼잣말을 흘린다

눈에 보이는 것은 눈에 보이지 않는 것들에 수세일 수밖에!

어딘가 화난 듯 조마조마한, 거리에 사람들은 빚쟁이처럼 걸어가고 있다

신장개업 간판을 들고 있는 못이 녹슬기도 전에 아니, 성남만 그런 게 아니라 안산도 한 방 쥐어터진 얼굴에 임대딱지가 붙은 빈 점포가 건너지 못할 징검돌처럼 기웃댄다

이 판국에도 무엄하다 공급이 달린 강남 집값은 하늘 무서운 줄 모른다. 강남 아닌 엉뚱한 곳에 주택단지를 세운다고 글쎄, 강남의 부동산 폭등세를 꺾을 수 있다?

얼마 전에는 젊은 탈북민이 다시 헤엄쳐 월북하는 데 성공했다는데, 요양원에 모신 노친과 면회사절이 되어 극도의 소외감과 불안에 계실 거라며 어느 여식이 막막한 울음을 훌쩍이고 있다

얼마나 좋은가? 모든 잘잘못을 코로나19에 핑계를 대자

이제 거리두기는 좀비가 한동안 휩쓸고 간 거리처럼 온순하다. 맑은 하늘을 언제나 우러러볼지, 여기저기 곰팡내 물비린내 풍긴다. 밤낮 여러 날 무슨 앙심을 갖고 퍼붓는 듯 장맛비는

그칠 것 같지 않지만 그칠 것이다

거지들이 온다

망했던 거지들이 온다. 거지는 썩은 장작 같은 손만을 내미는 수고뿐, 몸에 밴 게으름을 편안함이라고 착각한다. 그들은 부지불식간 성대 잘린 개로 길들여지고 맹종만이 필생의 법으로 알고 있다. 개들은 당근 끝에 앙다문 냉소와 채찍이 따르는 걸 모른다. 입 벌리고 홍시를 올려다보는 개, 땀을 잊은 한때의 쾌적한 가을이 지나고 나면 이어서 혹독한 겨울이 들이닥칠 걸 예감하지도 못하는 거지들, 온다

바가지 들고 품바로 떠돌던 시절은 풍류라도 있었지

2부

작은 꽃

작은 꽃

이것도 꽃이더냐
간신히 피었다는 생각이 든다

포기하지 않고
핀 꽃은 눈물이 난다

바늘귀만 한 작은 꽃이라고 해서
작은 꽃이 아니다

잊지 말라고 눈에 들어박혀
작은 꽃은 아프다

꽃 앞에서

초면인
꽃도 나를 유심히 보고 있다

와이셔츠 단추만 한 꽃보다
나는 왜 더 작게 보이는지

오직
신성神性에 경외할 뿐

어떤 질문도 해석도 하시 말사
그러려니 더불어 가는 거다

공연히
꽃의 감정을 건드리지 말자

물레나물*

하나님 어머니의
이 속눈썹 뽑아들고
황혼의 귓구멍을 간질이면
나는, 나는
어머니가 돌리던 물레 소리를
가질 수 있을까
마냥 저 혼자 취해서 돌던
먼 바람개비나 들고
달릴 수 있을까

*물레나물과의 여러해살이풀, 다섯 장의 노란 꽃잎이 한쪽 방향으로 치우쳐 물레바퀴를 닮았고 꽃술이 길고 수북하다.

얼음새꽃

얼음을 뚫고 핀 이 꽃은
가까스로 얼음을 이겼을 것입니다

아직도 젊고 젊은 당신은
지금 절망할 때가 아닙니다

제 몸을 찢고 나서야 피는 꽃
피지 않고 지는 꽃은 없습니다

세상인심 아무리 얼음처럼 시려도
당신은 질 때가 아닙니다

고목古木

두피를 긁는다
대낮에 개꿈 꾸던 하얀 별똥이 떨어진다
지루한 길 끝은 어디인지
중독의 악력이 창피의 척력을 덮어쓴다
지루성피부염의 요인은 여럿이나
물론 면역력 약화도 상관이 있다고 한다
당신은 아름답다 찬탄하지만
발등을 벨벳처럼 덮은 이끼는 고목에겐
한낱 가려운 물것일 뿐
저 손톱만 한 치마버섯도 다닥다닥
은하를 흘러가고
붙박이 나무의 덕목은 인내가 제일이다

달맞이꽃

늦은 달맞이꽃이 젖느냐
한밤중에 일어나 듣는 빗소리

장마는 이제
누구 눈치를 보며 떼쓰듯이 온다

아니 누구를 시방 붙잡고
토닥토닥 달래듯이 오는 비여

이 밤에 진통제를 맞아도
소리 짓누르며 우는 이가 있느냐

밤마다 하염없는 빗소리에 묻혀
잠 못 드는 이가 있느냐

꽃

쪼그려 앉아
눈곱만 한 꽃을 한참 굽어보다가 일어서면
지구가 공기와 마찰음을 내며 돌아가는 소리가 난다

리본으로 접힌 뇌동맥류가 이제 풀린다는 것인지

쏟아진다, 쏟아진다,
이대로 빛살 속으로 안개 속으로 핑그르르
멀쩡한 꽃이 꺾인대도 나는, 나는 황홀하구나

씀바귀

꽃 한번 피우고
철부지 같은 때를 받아들일 수 있겠나

씀바귀란 이름 하나만으로도
쓴 줄을 알았지만
달디단 사카린이
쓰디쓴 석탄에서 나왔다는 걸 몰라도

가만히 다가가
지팡이처럼 기대고 싶은 마음
마음 기대어 하루쯤 울어도 다 받아줄

괜한 서러움으로 하루 종일 뜨거워지는
목을 만진다

꽃의 이유

꽃을 보면
행복해진다

한때 당신도
내 꽃이었기에

꽃을 보면
눈물이 난다

사랑의 발정인
꽃을 보면

꽈리

햇빛 스며드는 창호처럼
필연인 듯 눈에 박히는 꽈리는
어쩌다 죽은 누나가 살아온 것처럼 반갑지

터질 듯 기억의 가장자리를 살살 달래며
샛노랗게 익은 속창을 비우고
여덟 살짜리가 온전한 꽈리 악기를 부는 일이
어지간히 서툴러서
예쁜 보조개를 드러내며 명랑을 부는
선녀 같던 열네 살 누나가 지금 온 것 같지

몇 해 전 라오스
쏭강 하늘에 기울던 밤을 쏘아올리던
풍등들은 지금 다 어디를 날아가고 있는지

그때 머리를 빗고 가던 유성의 긴 꼬리처럼
이어 불사르던 소원들은

지는 잎들

살랑살랑
꽃 시절 바람과 놀아나고

입만 나불거리던 것들
무슨 불만이라고 이제 와서

실없이 빈 공중을 돌리며
투덜투덜

밤꽃

초면에 말 붙여오는
당당한 사랑은 들키고 싶은 속성이 있는 것인지

겹겹으로 무장한 밤톨 같은 노인이 휙 돌아보며
묻지도 않았는데 당신 나이 올해 96세라 하시네
나 당신 뒤를 걸어가다가 순간 황당했으나
이내 어디 가시냐고 웃으며 물었더니
애인 만나러 간다며 밤꽃을 피웠네
애인은 연세가 얼마신지 또 물으니 90이라 하시며
왜 무슨 할 말이라도 있냐는 듯
눈 치켜뜨고 기세도 당당히 웃는 낯빛이 붉었네

일찍 사랑을 포기한 사내는 사내도 아니라고 난
느슨 허리띠 졸라맸네

애기똥풀

응애응애
넘치는 울음못

배 아파 누운 어머니들
약 한 첩 못쓰고
보릿고개 아래 묻은 저

꽃으로 태어난
갓난이들

*보릿고개시절에는 어머니들의 중절수술이 많았다.

안개꽃

주연 없는 조연 없지만 조연 없는
주연도 없지
잠깐 애매모호한 것들의 황당함을
드러내놓고 덮어주기도 하지만

그렇다고 왜
짙게 바른 립스틱, 늙은 창부 같은
장미꽃의 들러리가 돼야 하는지
배경이 돼야 하는지 모르지만

잠깐의 안개보다도
빈틈없이 다른 꽃들의 단조單調를
폭 감싸줄 때
성스러워질 수밖에 없는 꽃이여

목련 지다

밟히는
피 묻은 낙화를 다 쓸어 모으면
한 봉의 귀무덤이라도 되겠네

날선 입본도* 낄낄거리며
베어간 먼 임진년의 귀때기

뒤끝 남루한 어떤 꽃보다 슬픈
뽑힌 날갯죽지로는 날지 못하는
아우성

*일본 군인들이 차고 다니던 칼.

억새

공동묘지의 바짝 마른 쑥대밭은
홀로 자손이 끊긴 무덤인 듯
덩그러니 억새 공중의 적막을 쓸고 있다

나는 억새에 손을 벤 적 없다만*
그렇다고 그 억새보다 우쭐할 것은 없다

쌓인 외로움을 털어내는 희끗희끗한 품으로
추운 영혼을 달고
작은 멧새들이 서둘러 날아든다

억세게 살지 못한 날은 곧 저물 테지만
때 늦은 안부를 허공에 쓰는 어슬한 붓질
정처 없는 구름이 힐끗 읽고 간다

*속담.

질경이

밟히고 일어서고
짓밟히고 일어서고

꼭 길을 떠나서는
살 수 없다고

불굴의 정신이
일으켜 세운 몸

마침내 환하게
꽃을 들고 서 있다

석편石篇

고색이 창연한 돌 앞에서
조용히 옷깃을 여미고 좀 경건하자

돌을 돌로만 볼 일이 아니다 이 집안
전래한 돌은 침묵이란 가훈

당신이 그 침묵을 읽었다면
성급하게 결론을 짓지 마시라

적지 않은 돈 들여서 장식장 치장하고
대가인 양 이러쿵저러쿵하지 마시라

혹 침묵을 금으로만 보는 눈이 있다면
그냥 돌은 돌로 볼 일이다

감히 그 연륜을 헤아릴 수 없는
돌을 완독하기에는 일생도 부족하다

3부

애월涯月에서

애월涯月에서

혼자서 온 게 서럽기도 하지만
여기 애월이라는 이름이 더 외로워보여요
지명에 대한 유래를 수소문하지 않았지만
죽자 살자 벼랑에 물구나무서서
꽃을 든 해국을 보며 다 알 것 같았어요
그런데 당신은, 당신은
옛 사랑 뜨거웠던 시절이 그립지 않은 건가요
회상은 먼 수평선에 가물거리고 이젠
당신은 멀리 가버린 사람
아직도 당신의 전화번호까지도 잊지 않았지만
당신은 이도 저도 소통할 수 없는 사람
의례적인 카톡이나 문자보다도 구태여
손편지를 힘주어 쓰고 있는 마음 아실런지요
당신의 주소는 영 알 길 없어도
어디선가 당신의 혼백은 읽을 거라고
애써 쓴 편지를 하늘에 훨훨 소지를 하며
애월이라는 이름이 더 외로워서

돌가시나무

소매 한번 펄럭이자 순식간에
날아온 듯 펼쳐지는 천백고지*

음기의 집산지인지 안개 자욱하다
멀쩡한 일기는 몽롱한 안개 밖에 있고

이승이 저승을 기웃거리듯
노루도 혼자 왔다 간다

안개로 엮은 천라지망 아래는
천 년을 갇힌 어떤 사랑이 있어서

한껏 침향을 묵히고 있는지
돌가시나무 흰 꽃을 들고 있다

＊제주도 서귀포시 1100로에 있는 습지.

소양강은 흐르고

소양강은 흐르고
물결 위에 얹어가는 내 마음은 어느
후미진 물기슭에서 당신을 만나 엉엉 울어대랴
강물이 두려운지 소양강 처녀는
피안을 뒤로 봉의산만 바라본다, 아니
저 붙박이 그리움은 잠시 뒤돌아본 것뿐
뒤돌아본 것뿐, 소양강은 발 아래 흐르고
저 물밑은 얼마나 또 치열한 한세상이냐
물별을 띄우며 강은 크게 웃고 있지만
스카이워크를 걸으며 한 짐 지고 온 슬픔은
무슨 예감으로 떨리는지
살고 싶은 생각은 죽고 싶은 생각보다 우월하다
슬픔도 미움도 물결 따라 멀어지는
소양강은 흐르고

추자도를 향하여

흑등고래 뱃속에 있는 듯
뱃머리는 서슴없이 헤엄쳐가오
당신에게 어서 닿고 싶은 내 마음이 그러오
저기 사자바위가 뛰어들 듯 마중 나와 있군
상 추자, 하 추자
슬하에 작은 섬들이 자식 같아 자못 복 받은 집안이오
재회란 우연만은 아니어서
잊지 않고 꽤 아는 척 호들갑을 떨겠지만
나 아예 그 미모에 여생을 의탁할지도 모르오
나바론 하늘길을 걸을 때는
새파란 눈 추파를 보내는 절벽 아래에
누가 울어줄 이 없는 몸 하나 훌쩍 던지고 싶었지만
신대산 성지순례길 걸을 때는
값없는 생은 없다 '눈물의 십자가'* 앞에서 고백했지
나의 급소는 모진이 몽돌밭에 주저앉고 싶은 마음이었고
이제 정처 없는 바람 따위에 갇히지 않아도
나에게 날개가 없다는 게 얼마나 위안인지
내 하늘에서 선택한 요나는 아니지만
뱃머리는 설레며 헤엄쳐 가오

*'눈물의 십자가'는 하추자도의 천주교 순례지인 '황경한의 묘'를 찾아가는 순례길에 만날 수 있는데 예초리 바닷가 물생이 끝 바위에 설치되어 있다. 신유박해 때 황사영백서사건으로 황사영의 아내인 정난주가 제주도 유배길에 당시 두 살이었던 아들 황경한을 예초리 바닷가 바위틈에 놓고 간 사건을 잊지 않기 위해 세워졌다.

아라리
— 홍주

세방낙조에 물들고 있다

진도에 이르러서야
섬섬옥수
할퀼 듯 누르는 저 영원의 손끝

잡을 것도 없고
놓을 것도 없이
비로소 펼쳐보는 빈손이

먼 사랑처럼 목을 적신다

청산도

멀리서 다가드는 청산도는
바다의 잇몸 같다
청산도에서는 육자배기라도 미친 척
흥얼거릴 줄 알아야 하는데
술래가 되었던 슬픔과 외로움이
독살에 갇혀 파닥인다
목을 찢고 맨땅을 걸어오는 서편제
초장을 거쳐 골장에 든 고인돌
이쯤에서 빈 주막은 목을 적신다
으르렁거리는 범바위에 다가서 보면
절벽 아래는 아득한 장기미 해변
검은 거북바위가 젖은 몸 말리고 있다
뭔가 비밀스러운 기슭엔
자란의 취락지라는 귀띔으로도
들꽃에 떠돌던 나비의 심금은 떨린다
옛 사람의 지혜로 뚫린
초면인 구들장논의 눈구멍은 휑했고
상서리 늙은 돌담길에는
오늘만은 외지인도 환영한다고
백화등이 낮게 피어 있었다

밀양

아픈가?
만어산 돌띠를 두른 허리
무량, 무량 닫은 문
누구 있소?
두드리면 우주의 목청 알 수 없지만
다시 캄캄 걸어 잠그는 문, 문…
그렇다고 잠만 자는 돌들은 아니어서
붙박이 돌강의 마음은 어디로 흘러가는가
이건 육천오백만 년 전 솟아오른 아우성
그만큼 침묵도 오래 닳고 닳으면
맑은 종소리를 내는가
종석*이라 돌강**이라 부르는 너덜겅
그저 상상은 억측일 뿐이다
눈 멀고
귀 닫고
입 다문다

*鐘石.
**石江.

속리에서 속리를 벗다

독사들은
계절을 잊고 말끝마다 누굴 팔아먹는다

석산*이 불을 들고 나왔으므로
어린 광대나물들이 꽃을 피운다는 게
눈물을 글썽이고 있다

황금을 입은 거대 불상이 하늘을 찌르므로
속리산의
바위에 새긴 마애불상이 웃고 있다

법주사를
기웃거리던 뜬구름이 동으로 떠나고 있다

*꽃무릇.

양양

양양 앞바다는 살아 있다
돌멩이와 파도는 배경도 변함없이
천만 년의 사랑은 지겹지도 않은지
밤낮없이 몸 바쳐 사랑을 하고 있다
짐승만큼 부끄럽지 않은 사랑은
돌 한 점 들고 간다고 뭐라 하지 않는다
다음 날도 굽어보니
밤새 새끼를 쳐서 돌밭은 무량하다
며칠 살아보지도 않고 양양거리는
쉽게 헤어지는 사랑아
사랑을 하려거든 돌 같은 사랑을 하라
바다 같은 사랑을 하라
난바다의 숨소리 속으로 멀리 멀리
걸어가 다시 오지 말든지

삼괴정三槐亭*

팔십 노구도 어린애다
친구들 하나둘 떠나고
혼자 나이 먹는 일은 두렵고 슬픈 일이지만
덤으로 살아온 삶은 고마울 뿐
무려 팔백 년을 경작해온 그늘 아래서는
사람은 누구나 새까맣다
서로 찧고 까불고
인생 백세시대 운운은 얼마나 가소로운가?
천수가 어디까지인지
부여받은 붙박이 삶이 형벌 같지도 않은지
몇 아람을 빙빙 둘러보는 강아지들에게
왜?
어때서?
뒷짐 지고 헛기침 큼큼

*충북 괴산군 장연면 오가리 우령마을에 있는 세 그루의 느티나무. 거의 800년 노거수라 비록 정자는 없어도 마을에서 정월 대보름에 제사도 모시며 신목으로 받들고 있다.

보라

보라!

보라는 왜 몽롱한 안개 속에서 오는지
사랑의 빛깔이 핑크라는 설은 낭설이다

얼마나 반항 없는 인간적인 색깔인지
보라의 재빠른 체념은 행복지수를 높인다

머리에 망치를 맞은 사랑이 문득
온통 보라로 탱탱해진 가지들을 보면

저 보란 듯이
당당하고 부끄럽지 않은 욕망이 온다

마로니에 블루스

지나놓고 보면
사랑과 이념과 혁명도 불분명하다
세상은 수상하지만 역시 대학로에는
사각사각 깨물어먹고 싶었던
실패한 청춘의 달고나가 있다
토요일 마로니에공원 15시
은행나무는 가을의 늦은 퇴직서를 쓰지만
자연에 실직이란 이름 없다는 것쯤은 안다
나는 솜사탕을 들고 싶고
공갈빵에도 한참 동안 시선을 빼앗기는 것은
잊은 추억을 다시 살고 싶은 걸까
재잘거리며 걷는 연인들은 소양강 향어 같고
아이들이 공중을 걷어차는 태권도를 보면
내 휴경기에 들었던 가슴 밭은
파릇파릇 그 무엇으로 싹이 트나니
당신의 다크서클은 당신의 깊은 기도
우리는 이미 사랑을 잃을 나이를 지났지만
개밥바라기 스러진 이른 저녁 비로소
맑은 밀월이다

경이로운 독거

충북 음성군 생극면 임곡리 품실마을 어르신
잎도 꽃도 열매도 뽕나무와 닮은 구석이 없는데도
구지, 뽕나무라 불러주길 바랐는지
구지뽕이 꾸지뽕으로 불리게 되었다는데
결코 요즈음 풋것들에게 핀잔 받을 꼰대가 아니시다
옆구리가 터져 내장이 보여도
받은 목숨 함부로 버리지 않고 사는 게 무욕 때문일까
가족도 없고
이웃도 없고
전설도 없고
내력을 물어볼 마을에 세수 400년 되신 분은 없었기에
당신이 남쪽 고향에서 천 리를 떠나왔을 때는
결코 혼자서만 걸어온 건 아니라는 것을 추측할 뿐
오직 놀란 노인이 고개 숙여 깊숙이 절을 한다

에덴의 서쪽 3
— 릉호아Luong Hoa*

온갖 생명나무로 우거진 숲
혼자 쏘다닐 때 나는 창세의 아담
당신은 내 마음속에 사는 창세의 이브
에덴이란
한번 왔다가 그냥 주저앉아 영주하고 싶은 곳
그간 살아온 문명은 얼마나 큰 오염인가
정치도 혁명도 필요 없는 이곳은
나무 하나 풀잎 하나조차도 사랑이 간다
입에 붙은 사랑을 버리고 몸소
서로 당당한 나무가 되어 사랑의 숲을 이룰 때
전쟁과 기아와 독재 따위가 있겠는가
이제 지식은 썩었으니
모든 잠언과 경전이 무색하도록
지혜로 사는 세상이 꽂꽂한 나무 같으니
한 술 떠먹는 저 하늘의 흰 구름은
요구르트 맛만큼 상큼하다

* 호치민에서 남서쪽으로 90여 킬로미터 떨어진 야자숲 농촌.

무이네* 연가

백사막을 끝없이 걸으면서
광활한 백지 위에 연서를 쓰고 싶었던가
사랑의 힘으로 무엇인지 물들이고
사막의 생식기가 마르지 않은 호수를 보면
그는 겨우 약관에 지나지 않은 것 같았다
신발을 벗어들고 요정의 샘으로 가는
긴 협곡을 맨발로 걸을 때
당신은 나에게 이렇게 말했던가

— 이 협곡의 굴곡진 바위 경을 읽었는가

믿음을 꽉 잡은 연인들의 두 손이
해변의 가는 백사장 위를 보란 듯이 걸을 때
우렁찬 파도의 웅변을 뭐라고 들었을까
바다의 체위는 변함없는 밀 당
밀물처럼 밀려온 사랑은 썰물처럼 빠져도
일희일비할 사랑이 아니어서
어제의 일출은 먹구름에 갇혀 어두웠으나
오늘은 장엄하도록 눈부시다

* 무이 네Mui Ne : 베트남 호치민에서 북동쪽으로 200여 킬로 떨어진 어촌.

지는 사랑

알람처럼 흘러드는 꽃배달은
아침 여섯 시부터 활짝 피는 꽃인지
따지고 자시고 변명 따위가 필요 없기에
꽃에게 질 수밖에
꽃의 사랑은 얼마나 은밀한지
아직 그 꽃 아는 사람들은 전혀 모르지
호두알같이 단단한 사랑 이제 슬슬
흘리고 싶은 건지
아이같이 보고 듣고 확인하고 싶은 건지
말끝 삐지면 그저 껄껄 웃을 수밖에
아 사랑은
멀리멀리 날아갈 것 같은 날짐승

연애하고 싶다

우거진 숲속에서
검은등뻐꾸기 소리를
벙어리뻐꾸기 소리가 덮어쓴다

조물주가 하나 실수한 것은
늙어 단풍 든 몸에 마음은 초록이라는 것

푸르른 날의 성급한 연애보다도
인제는 늦은 만큼 철든 연애할 수 있다

인두를 품은 화로 같은 연애를
불쑥 시린 손 내밀어
쬐고 싶은 내 당신

사랑과 분노

당신은 먼저 사랑을 맹세한 사람
당신은 이별도 먼저 선언한 사람

그런데 당신은 장마철 낙숫물처럼 울다가도
폐가의 불 안 땐 굴뚝처럼 조용하고

뜻밖에 피어오르던 사랑과 분노는
피나물꽃과 매미꽃만큼 구별이 어려운가

그건 한몸의 가슴과 등처럼 가까우면서도
서로 뒤돌아볼 수 없는 안면을 가지고

한때 나로서도 울음이 많은 사람
꼭 울음을 감추려다 들켜본 사람

4부

사랑의 수의

아프지 마라

아프지 마라
아프면 희망도 아파

괜찮겠지, 괜찮겠지
여태 하던 가게 문도 닫고

집도 줄이고 줄여서
아주 변두리로 밀렸다지만

질경이만큼 잘 버텨왔잖아
제발 아프지만 마라

아들이 아프면 희망도
아버지도 아파

독거 獨居

비는 이제
괄약근이 헐거워진 방광처럼 내리고
창턱에 꽃 한 송이 남아 꿈길을 가고 있다
오래 간직할 훈장인 양
당초 꽃 여섯 송이 달고 온 호접란이다
분을 모셔온 복지사는 천사 같았지
지난 어버이날이니 오늘까지 두어 달 남짓
꿀이 없다 향기 없다, 라는 핑계로
벌 나비 하나 끝내 찾아오지 않아도
지층에서라도 목마른 빛을 향하여 하늘 우러러
끄덕끄덕 끝까지 살아남는 게 의무겠지
오늘 낼 오늘 낼, 처진 한 송이 낙화를
기다리는 마음은 잔인한 거냐 무심한 거냐
꽃은 죽을 죄 하나 짓지 않는다
스스로 제 무덤을 찾아가지 않는다
문득, 꽃은

사랑의 수의

우리는 파도 너머
동해의 일출처럼 들떠 살았던가

사랑은 얼마나 믿을 만한 허구이며
정은 또 얼마나 믿지 못할 실상인가

창밖의 마른 살구나무에
참새 떼 저녁밥 짓는 소리 열리고
사는 게 지지고볶고지지고볶고
설거지하다가 접시도 깨뜨려 보았지만

당신은 지금 어느 대학병원에서
운명의 독불장군과 사투하고 있다는데
당신은 죽어도 죽지 않을 사람
대지에 제 씨를 뿌린 어미나무

노을 한 폭 끊어 수의를 입히리라
저 장엄하고도 슬픈

반추反芻

생목 오르고 답답한 가슴
밥 한 숟가락 입에 떠넣고 딴전을 피우지요
PC 앞에 앉아 넘치는 스팸메일을 버리지요
또 밥 한 숟가락 입에 떠넣고
급히 삼키는 습관을 오래 씹지요
어떤 치밀어 올라오는 분노도 꼭꼭 씹지요
일생 허겁지겁 먹고 허둥지둥 살았으니
이제 좀 그리운 것들도 아껴 그리워하고
입으로 들이는 것이 죄가 되어서는 안 되겠지요
먼 산을 보고 몇 번을 게워 씹어 먹는 황소였더라면
역류성식도염이란 어림도 없었겠지요
식후의 간식이 알약이라니!
불안을 삼키며 인내를 인내하는 일도 수행일까요
맷돌을 가는 황소의 턱주가리를 생각하며
내가 아프면 따라 아파할 사람을 생각하며
하루하루를 짓이기는 거지요

모자를 쓸 때

당신은
멋져 보이지 않다고 말했으나
나는 멋보다는 그저
소갈머리를 감추려 한 것뿐
처음은 어색했으나
오래 쓰다 보니 모자 쓰는 일은
일상의 기도 같은 것
인제는 모자를 쓰지 않고는
서리처럼 내리는 하늘의 눈빛을
감당할 수 없지
쓰고 나간 내 모자가 좋다고
은근히 갖고 싶어하는 눈치에게
서슴없이 벗어주는 날은
오랜만에 단잠도 잘 수 있었지
당신은
멋져 보이지 않다고 말했지만

서녘에 잠기는 저 한 송이 붉은 꽃이

푸르른 저 하늘
뜬구름에 실려가는 정처 없는 내 마음은
한바탕 소나기가 되든지
한 방울 눈물의 소생을 보리라
세상에 툭 던져 난 나그네 아닌 나그네 없으니
날 저물어 유숙하는 곳이 내 집이다
유숙할 곳 있는 것만으로도 내 마음아
하늘 우러러 고마워하라
가뭄에 비 뿌릴 듯한 구름을 나는 믿지 않는다
구름의 웅변 구름의 독설
구름의 유정에 얼마나 속았느냐
인제는 내 마음아 실망하려거든 믿지를 마라
생의 가장 낮은자리에서 바라보는
서녘에 잠기는 저 한 송이 붉은 꽃이
한세상을 공짜로 산 것 같지 않았느냐 불현듯
나에게 묻는다

풍경소리

귀엔
산란하는 공명

눈엔
부챗살 무지개

목엔
시원한 소다수

손엔
간질은 실개울

순정純情

내리는 눈은
씨아를 통과한 구름

바람이 다독인
숫눈 밭은 고요하다

희고도 희어서
보은처럼 되비치는 흰 빛

이 하나님의 눈빛에
눈을 씻는다

샴페인

내 생일에 단 한번이라도
샴페인을 터뜨려본 적이 없지

샴페인 한 잔으로도
당신은 취하는 사람

샴페인과 같이 오면서 심장이
샴페인처럼 터질 것 같았다면서?

그런데, 그런데
당신은 베개에 눈물도 적셨다고?

지금은 눈 온다
눈은 성령처럼 펑펑 내리는 눈

아직도 사랑은 발효 중
샴페인처럼 우리는 퐁 터졌으면

눈 온다

거역할 수 없는 폭설
눈은 무혈혁명처럼 오고

기존을 모두 백지로 돌리려는 눈

흰자위를 뜨고 보는 눈
나에게로 몰려드는 눈

천둥이 우르르 쾅쾅

우물쭈물 하루가 저문 서쪽 하늘이 핏빛

헌 가죽이 헌 가죽을 비웃고
무덤처럼 쌓은 돈이 무덤처럼 쌓은 돈을 시샘하고

여의도 상공에 나타난 한 자루 황금번개 칼이
꽃도 없이 열매도 없이 웃자란 잎만 나불거리던
그 300그루 나무 모가지를
눈 한번 감지 않고 모조리 내리쳤다고
한 점 통증도 없이 자비를 베풀었다. 쓰고 싶을 때

이윽고 고집 센 장마도 회초리를 거둔다

굴신 아니다

전진, 전진 구리처럼 가고 있다
온몸 구부렸다 폈다 자벌레 한 마리

제 갈 길 의연히 가고 있다

한 자, 두 자, 석 자 아프게 가고 있다
몸 하나 지렛대 삼아 가고 있다

콩나물

콩나물교실에서 배웠고
콩나물화물열차에 빽빽이 서서 통학했지
지나놓고 보면 그 보릿고개시절도
다시 한번 휠쩍 갔다오고 싶은 그리운 고개
그런데 콩나물은 무슨 죄로 하늘을 가리고
온몸 하루도 마를 날이 없었는지
아주 빠르게 아주 느리게
세상 어둠의 피막을 수도 없이 노크하며
속죄하듯 물방울 음악은 경쾌하기도 하지
정화수 길어올려 목욕재계하고
신 내림받는 어린 무녀처럼 상처받기 쉬운
처음 온음표(𝅝)로 시작한 묵직한 울음이
64분음표(𝅘𝅥𝅲)까지 울음의 숲을 이룬 것은
충분히 울어서 죄 사함을 받았다는 것이지
죄를 씻고서야 비로소 빛을 만나고
맑은 하늘 새 떼로 날아오르고 싶었겠지만
억울하다, 억울하다 조기 검은 봉지에 담겨
총총 들리어가지

공부

바늘귀만 한 꽃을
마음 설레는 만큼 다 읽을 수 없네

바짝 굽어보는 염화미소
내 얼굴에도 근질근질 옮겨붙지만

나는
그 신묘한 웃음을 다 웃을 수 없네

어떤 꽃이 참꽃이고
어떤 꽃이 헛꽃인지 읽을 수 없네

천당

천당이
어디 따로 있겠는지요

아니면
하늘에 있겠는지요

시린 손
붕어빵 한 봉지라도 들고

깃드는
그곳이 천당이겠지요

불연不然인지

너*는 누구의 불연인지
별들의 다정한 웃음을 한 번이나 보았느냐
너는 별의 눈동자를 갖고도
반짝이는 웃음은 갖지 못했구나
너에게는 평생 너를 극복하며 희생하는
엄마 아빠가 있고
너를 지켜줄 장대 같은 형도 있건만
무엇이 부족하고 무엇이 불안하여
그 100킬로가 넘는 든든한 몸에서 겨우
돌 지난 눈물이나 보이며
귀 닫고 눈 감고 마음도 걸어 잠그느냐
속으로 지성이란 네 이름 크게 불러도 보지만
어떤 지극정성으로도 하늘이 감동하지 않는다
혹 카프카의 문장에서
가둘 수 없는 자해自害라는 철학이 있었던가
하지만 상처를 덧내는 너의 과잉은 무죄하다
오히려 유전하는 우리의 죄 얼마나 큰지
현대과학으로도 풀 수 없는
지금 너는 영원한 숙제

* 지체장애아.

소나무를 아우라 불렀다

자네는 나무 아래 잠들고
이따금 늦잠 비비며 깨고 나선
우듬지에 올라 가부좌를 틀고 앉아
남쪽 환히 트인 양지를 바라보겠지
전생에서 사랑했던 아내와 외아들
토끼 같은 두 딸을 생각하겠지
그리고 오랜 생각 끝에 끌려나온 이 형도
아련한 기억 거슬러
젓가락으로 막걸리잔을 저으며 우애를 하던
슬프지도 기쁘지도 않은 웃음을 짓겠지
자네는 나무 아래 묻혔어도
소나무의 상록으로 살고 있기에
이 형이 막걸리 한 잔을 따라 올리고
자네의 붉은 몸을 울먹이며 만지네
하늘숲공원의 자네는 7-77-A
다시 오마하고 뒤돌아서는데
자네는 잔가지 손을 흔들며
안녕, 안녕

자작나무 인생

흰 허물을 벗는 것은
전생이 뱀이었기 때문이다

배때기로 흙을 기는 고통보다
붙박이로 서 있는 고통이 더 크리라

눈은 있어도 보지 않는다
입은 있어도 말하지 않는다

속죄를 해도 해도 죄는 남고
허물 벗는 참회의 일생을 누가 알리

몸에 불 들어올 때나 비로소
자작자작 소리를 내는

■ 해설

희언자연希言自然, 소요하고 소유하고 사유하다

— 나석중 시인의 시세계

김정수/ 시인

2005년 시집 『숨소리』로 등단한 나석중 시인의 여덟 번째 시집 『저녁이 슬그머니』는 대부분 표절이다. 대놓고 표절을 했는데 인위적인 표절이 아닌 주인이 없는 "하늘과 구름"(이하 「시인의 말」)이나 "풀꽃과 나비", "일출과 일몰"을 베낀 것이다. 시인은 수시로 자연에 들어 소요逍遙하고, 교감交感하고, 필사筆寫한다. 노자는 『도덕경』에서 자연을 "희언자연希言自然"이라 했다. 글자 그대로 풀이하면 말이 드문 게 자연이다. 하지만 말은 사물이 있은 연후에 생겨난 인위의 산물이다. 사물은 언제나 그 자리에서 '스스로 그러한' 모습을 하고 있다. 이를 분류와 구분, 소통을 위해 생겨난 방식이 언어言語이다. 말이 적어진다는 것은 본성으로 돌아가는 너무도 자연스러운 현상으로 노자가 말한 도道에 이르는 길이기도 하다.

도는 말로 표현할 수 없지만, 풀과 나무의 구분으로부터 풀이나 나무의 종류로 세분해 들어갈수록 말이 많아지는 게 사실이다. 복잡한 방법론이나 해설 등을 동원하는 것보다 단순명료한 것이 가장 자연스러운 것이다. 추사 김정희의 〈세한도〉를 떠올려보면 쉽게 이해할 수 있을 것이다. 말년에 제주도로 귀양간 추사는 극도로 생략되고 절제된 화면에 자신의 심정을 담았다. 복잡하지도 않고 구구절절 설명하지도 않으면서 하고자 하는 말과 심정을 다 드러내고 있다. 말이 많아지면 자연에서 멀어지고, 단순해질수록 자연으로 돌아간다.

나석중 시인이 추구하는 시정신도 이와 다르지 않다. "언젠가 딱 한번 써먹었을"(이하 「막도장만큼이라도」) 막도장처럼 화려하거나 복잡하지 않은 형상을 하고 있다. "무엇인가를 간직"하거나 채우기보다 버리거나 비우는 일이 더 많아졌다. "허망한 문장"(이하 「캠프」)은 태워버리고 사변을 멀리하면서 다시 "백지에서 출발"하고자 한다. 시인은 "동심을 잃지 않"고 자연으로 돌아가는 것이 "시인정신"임을 숨기지 않는다.

주춤거리던 사과
살짝 칼등으로 사과를 노크한다
단박에 사과 칼날 들이밀면 놀라서
아픈 사과가 되겠지
근육주사를 놓듯 기억을 환기하는 게 좋겠지
묵은 사과가 육향이 짙은 것은
수치와 민망과 미안과 무안이 섞여
한몸으로 푹, 숙성된 때문일까

사과는 좀 더듬더듬 서툴다
사과는 시야가 뚫린 고속도로처럼 탄탄대로로
사과를 받아주지 않겠다는 듯
사과껍질이 과속방지턱을 넘으며
툭 끊기곤 한다

—「묵은 사과」 전문

산수傘壽를 지나 미수米壽를 바라보는 시인은 욕심을 내려놓고 주변의 삶에 좀 더 너그러워지려 한다. 스스로를 내세워 말하기보다 말을 들어줌으로써 상대를 배려한다. 남을 배척하지 않고 품으려는 심경이 나석중 시의 가장 빛나는 지점이다. 시인은 마음을 내려놓음으로써 다른 풍경을 만들어내며, 새로 그려낸 풍경은 담담하면서도 매혹적이다. 시인은 사물의 관찰에서 시詩가 될 만한 것들을 기가 막히게 포착하는 안목을 지니고 있다. 그런 안목으로 창조한 세계는 대부분 숙성의 시간을 거친다. 숙성의 방법과 기간에 따라 '시의 맛'이 결정되는데, 시인이 선택한 방법은 '기척'이다. 사물이 숙성되는 시간을 기다려 조심스럽게 기척을 한다. 이를 잘 표현한 시가 「묵은 사과」이다.

시인은 혹시 누군가 사과 속에 있지 않을까, 사과가 놀랄까봐 "칼등으로 사과"를 살짝 두드린다. 마치 풀밭을 지날 때 뱀이 놀랄까봐 막대기로 툭툭 치는 행위를 떠올리게 한다. 인삼은 인기척으로 자란다는 말이 있듯이, 시인은 기척으로 시의 숙성을 감별한다. "주춤거리던 사과"는 사과라는 사물의 주춤거림이 아니라 사과를 대하는 시인의 시선이나 태도의 주춤거림이다. 사과를 깎으려는 찰나 시인은 기척도 없이 단박에 "칼날을 들이밀면" 놀란 사과가 아플 것을 염려한다. "주사를 놓"을 때 그 자리를 톡톡 치듯 칼등으로 "기억을 환기"한다. 시인은 사과라는 사물을 통해 "묵은"과 "아픈" 감정을 객관적으로 보여준다. 개인적 감정을 그대로 드러내는 것이 아니라 사물과 사건을 통해 표현하는 객관적 상관물客觀的 相關物이라는 창작기법을 활용한다.

시인은 사과의 "육향이 짙은" 이유를 "수치와 민망과 미안과 무안"이 한몸으로 섞여 숙성되었기 때문이라 고백한다. 나이가 들어간다는 뜻에서 유래된 '숙성'Aging은 시인이 겪은 세월의 풍상이다. "더듬더듬 서툴"게 사과를 깎던 시인은 속살을 드러낸 "묵은 사과"에서 복잡한 감정선을 드러낸다. 남 앞에서 옷이 벗겨지는 수치와 오래되어 볼품없는 몸매의 민망함, 그런 상황을 만든 미안함과 무안까지. "육향이 짙은" 감정은 사물과 시인 사이를 넘나든다. 사과를 분리하고 해체하는 시인과 이를 거부하고 반항하는 사과의 대립과 긴장이 이 시를 끌고 가는 힘이다.

시인은 끊어지지 않도록 깎는 사과껍질에 인생사를 투영한다. "탄탄대로"를 달릴 것 같은 삶은 "과속방지턱"을 만나 속도를 줄일 수밖에 없고, 때론 길을 이탈하기도 한다. 굴곡 없는 삶이 있겠는가. 직선으로 흐르는 것처럼 보이는 시간의 진행은 절대적인 것 같으면서도 일정하지 않다. 신神이나 물리학을 들먹이지 않더라도 시간은 나이나 기분, 공간에 따라 다르게 작용한다. 선이 무수히 많은 점으로 이루어져 있듯, 시간도 음陰과 양陽, 낮과 밤의 교차순환에 의한 기록이거나 불교에서 말하는 '환영'일 수 있다. 깎은 사과를 맛보기도 전에 "저녁이 슬그머니" 찾아온다.

바람은 어디서 오는지
보이지 않아도 실체를 확신케 하는 바람은

바닷가 몽돌을 보면
점차 내 가슴도 파도를 친다
마침내 나 하나의 단단한 돌이 되어
달그락달그락
그지없는 파도의 노래가 된다

그 누가
한 그릇의 바다를 기우뚱 들고 있어서
파도의 손바닥을 펼치고
바람을 일게 하는지

바람은 보이지 않으면서도 정녕 믿고 싶은
신의 숨결이 분명하다

—「바람의 기원」 전문

시인이 자연에서 베낀 것은 "바람과 세월, 산과 강과 바다"(이하 「시인의 말」), "바위와 돌"도 있다. 바닷가를 찾은 시인이 궁금한 것은 눈에 보이지 않는 바람이 "어디서 오는지"이다. "정처 없는 바람"(「추자도를 향하여」)은 뜨거운 "새의 눈물"(「새의 눈물」)을 받아간다. 한때 "다정했던 표정도 스쳐간 바람"(「테이크아웃」)에 불과하다. 시인은 바람의 실체를 의심하지 않는다. 의심하기는커녕 "실체를 확신"한다. 지구 표면을 스치듯 흐르는 바람은 기압의 높고 낮음에 따라 일어나는 공기의 움직임이다. 직접 그 움직임을 감지한다는 것은 시인과 바람 사이에 어떤 물체도 놓여 있지 않은, 물체의 바람그늘lee side 바깥에 서 있지 않다는 의미이다.

흔히 바람의 실체를 흔들리는 나뭇잎에서 찾는다. 헤르만 헤세는 시 「낙엽」에서 "바람이 유혹하거든" 거역하지 말고 그대로 있으라 했다. 헤세의 시에서 바람은 쉽, 즉 땅으로 나뭇잎을 데려가는 역할을 한다. 일반적으로 바람에 나뭇잎이 흔들리는 건 마음을 흔드는 것으로 간주된다. 주체인 바람에 따라 객체인 나뭇잎은 자율의지를 상실한 '흔들림'이라는 종속적 역할에 머물 수밖에 없다. 바닷가에 서 있는 시인은 나뭇잎이 아니라 파도에 "달그락"거리는 몽돌에서 찾는다. 몽돌을 보는 순간 "점차 내 가슴"에 파도가 치고, 스스로 "단단한 돌"이 된다. 파도가 칠 때마다 돌과 돌이 부딪쳐 마모되고 "그지없는 파도"의 노랫소리를 들려준다. 모가 난 돌이 모나지 않고 동글동글한 돌(몽돌)이 된다는 것은 "개종할 줄 모르는 착한 시詩의 신도"(이하 「이단異

端」)인 시인의 "조용한 혁명"이다.

모난 돌에서 몽돌이 된다고 해서 형질이 변하는 것은 아니다. 세간의 평가에 연연하지 않고 묵묵히 시인의 길을 걷겠다는 결연한 의지가 묻어나는 대목으로 이는 다시 바람을 환기還起하게 만든다. 바람은 눈에 보이지 않지만 "실체를 확신"하는 것처럼 '누가 알아주지 않아도 나는 시인'이라는 선언과 다름없다. 하지만 시인의 이런 선언은 파도에 스러지는 포말泡沫처럼 그리 연연하지 않아도 될 듯하다.

"그 누가/ 한 그릇의 바다를 기우뚱 들고 있어서/ 파도의 손바닥을 펼치고/ 바람을 일게 하는지"라는 빛나는 문장을 보라. 시인이 아니라면 누가 이런 표현을 할 수 있겠는가. 고요히 숙성의 시간을 기다렸다 기척을 해주는 시인만이 이런 빛나는 문장을 쓸 수 있다. 바다는 기우뚱한 그릇이고, 그 기울기와 "손바닥을 펼치고" 파도에 의해 바람은 생겨난다는 착상과 비유, 상상력은 아무나 할 수 있는 게 아니다. 여기에 더해 바람은 "신의 숨결"이라는 은유는 이 시를 한결 높은 자리에 올려놓는다.

고색이 창연한 돌 앞에서
조용히 옷깃을 여미고 좀 경건하자

돌을 돌로만 볼 일이 아니다 이 집안
전래한 돌은 침묵이란 가훈

당신이 그 침묵을 읽었다면

성급하게 결론을 짓지 마시라

적지 않은 돈 들여서 장식장 치장하고
대가인 양 이러쿵저러쿵하지 마시라

혹 침묵을 금으로만 보는 눈이 있다면
그냥 돌은 돌로 볼 일이다

감히 그 연륜을 헤아릴 수 없는
돌을 완독하기에는 일생도 부족하다

—「석편石篇」 전문

시인이 돌을 대하는 자세는 "경건"하다. 돌이라 했지만, 사실은 수석壽石이다. 사전에 의하면 수석은 두 손으로 늘 정도 이하의 작은 자연석으로 산수미山水美의 경치가 축소되어 있고, 기묘함을 나타내며 회화적인 색채와 무늬가 조화를 이뤄야 한다. 수석은 소자연小自然이다. 자연 속에 존재하는 작은 자연을 곁에 두고 감상하고자 하는 욕망의 발현이다. 속계俗界에 묻혀 사는 인간이 자연을 곁에 두고 속기俗忌와 속기俗氣에 빠지는 것을 경계함과 동시에 자연과 합일을 이루려는 예술 행위이다. 자연의 소유에서 개인의 소유라는 아쉬움도 존재하지만, 여기餘技가 아닌 한적한 자연미를 추구하려는 인간의 욕망은 오래 전부터 예술 갈래를 형성해왔다. 자연 속의 작은 자연과 자연에서 베낀 시는

상이相異하지 않다.

수석에 조예가 깊은 시인은 틈만 나면 산과 바다, 강으로 탐석探石 여행을 떠난다. 직접적으로 탐석이나 수석을 다룬 「양양」이나 「밀양」 외에도 「애월涯月에서」, 「추자도를 향하여」, 「청산도」, 「소양강은 흐르고」 등 많은 시가 이와 무관하지 않다. 시인이 생각하는 수석은 "고색이 창연한 돌"이고, 수석을 통해 "경건"한 기품을 배운다. "조용히 옷깃을 여미고" "가훈"을 대하는 듯하다. "전래한 돌"에서 찾은 "침묵이란 가훈"은 "억년億年 비정의 함묵緘默에/ 안으로 안으로만 채찍질"하는 유치환 시인의 「바위」를 연상시킨다. 감정에 휘둘리지 않고 내적 수련을 통해 생生과 사死에 초월하겠다는 의지의 표명이다.

시인은 여기餘技에 대한 경계도 빠뜨리지 않는다. "적지 않은 돈 들여서 장식장 치장하고/ 대가인 양" 거들먹거리지 말라는 것. "침묵을 금으로만 보는 눈이 있다면" 돌을 그냥 돌로 보라는 충고다, 삶의 장식이나 과시용으로 수석을 하지 말라는 경계警戒와 수석의 세계를 이해하려면 평생을 바쳐도 부족하다는 경외敬畏가 서려 있다. 돌밭에서 수석을 고르는 마음으로 시를 쓰는 시인은 "값없는 생은 없다"(이하 「추자도를 향하여」)는 사실을 잘 인지하고 있다. 그런 시인의 "급소"는 "몽돌밭에 주저앉고 싶은 마음"이다. 수석 하나를 고르고 싶은 것이 아니라 시집 한 권을 쓰고 싶은 욕심이다.

힘들여 고른 소자연小自然은 "동심을 잃지 않"(「캠프」)는 것과 상통한다. 나이를 먹어간다는 것은 동심으로 돌아가는 것과 다르지 않고, 복잡다단한 삶이 조금은 단순명료해진다는 것이다. 오래 수석에 빠져 살았지만 "감히 그 연륜을 헤아릴 수 없"다는 겸허한 마음은 "팔십 노구"(「삼괴정三槐亭」)에도 "꽃을 보면/ 행복해"(「꽃의 이유」)하는 순박한 마음으로 이어져 튼실한 열매를 맺는다.

초면인
꽃도 나를 유심히 보고 있다

와이셔츠 단추만 한 꽃보다
나는 왜 더 작게 보이는지

오직
신성神性에 경외할 뿐

어떤 질문도 해석도 하지 말자
그러려니 더불어 가는 거다

공연히
꽃의 감정을 건드리지 말자

—「꽃 앞에서」 전문

쪼그려 앉아
눈곱만 한 꽃을 한참 굽어보다가 일어서면

지구가 공기와 마찰음을 내며 돌아가는 소리가 난다

리본으로 접힌 뇌동맥류가 이제 풀린다는 것인지

쏟아진다, 쏟아진다,
이대로 빛살 속으로 안개 속으로 핑그르르
멀쩡한 꽃이 꺾인대도 나는, 나는 황홀하구나

—「꽃」 전문

시인이 자연에서 베낀 것은 "풀꽃과 나비"(이하 「시인의 말」), "벌과 매미"도 있다. 나비나 벌이 꽃에 날아오는 것은 지극히 자연스러운 일이다. 종족 번식이나 생존을 위하여 벌과 나비는 꽃(충매화)에서 꿀을 취하고, 꽃은 나비를 매개로 수분受粉을 한다. 바늘귀만큼 작은 꽃을 마주한 시인은 "이것도 꽃"(이하 「작은 꽃」)이냐 무시하다가 몰아치는 비바람을 극복하고 "간신히 피었다는 생각"에 측은지심惻隱之心이 발동한다. 한참을 더 바라보던 시인은 "포기하지 않고/ 핀 꽃"의 숭고함에 뜨거운 눈물을 흘린다. 눈에 보이지 않을 만큼 작은 꽃과 시인의 삶이 겹쳐진다.

시인만이 꽃을 바라보는 건 아니다. "초면인/ 꽃도 나를 유심히" 본다. 꽃이 시인을, 시인이 꽃을 보는 순간 시선이 중간에서 부딪치는 것이 아니라 꽃은 시인의 눈으로 복사된다. 꽃의 자리에서 시인의 자리로의 이동은 A에서 B 자리로 이동하는 것이 아닌 A에서 A′로 반전되어 동일시된다. 지상에 머물던 꽃이 기다림의 자리에서 거울처럼 자아를 관조의 위치로 옮겨앉아 시인의 눈으로 자아를 관찰하는 것이다. 자아를 마주한 꽃이 시인의 "눈물"을 만나 물아일체物我一體가 되어 내가 꽃인지, 꽃이 시인인지 알 수 없는 상태가 된다. 자아自我와 외물外物은 본디 하나라는 장자의 호접몽胡蝶夢을 떠올리게 한다.

"눈곱만 한 꽃을 한참 굽어보"던 시인은 문득 왜소함을 느낀다. 보통 아름다운 자연경관이나 웅장한 사물에서 상대적으로 왜소함을 느끼지만, 시인은 오히려 아주 작은 꽃에서 왜소함을 떠올린다. 자연에서 건진 작은 자연을 곁에 두고 오래 들여다봤기 때문일 것이다. 사실 작은 꽃보다 더 작은 것은 외물이 아니라 자아다. 자아의 왜소함은 사람을 겸손하게 만들 뿐 아니라 남을 배려하고 베풀고자 하는 마음을 안에 들인다. 크고 작음은 무언가 비교 대상이 있어야 가능한 일이다. 시인은 꽃의 크기에 마음의 왜소함을, 꽃의 신성神性에 경외감을 느낀다.

노자가 말한 도道는 "어떤 질문도 해석도 하지" 않는 것이다. 이 모든 깨달음과 무위無爲의 세계관을 견지하기 때문에 "멀쩡한 꽃이 꺾인대도", "천라지망 아래"(이하 「돌가시나무」) 있어도 "흰 꽃"을 피울 수 있는 것이다.

양양 앞바다는 살아 있다
돌멩이와 파도는 배경도 변함없이
천만 년의 사랑은 지겹지도 않은지
밤낮없이 몸 바쳐 사랑을 하고 있다

짐승만큼 부끄럽지 않은 사랑은
돌 한 점 들고 간다고 뭐라 하지 않는다
다음 날도 굽어보니
밤새 새끼를 쳐서 돌밭은 무량하다
며칠 살아보지도 않고 양양거리는
쉽게 헤어지는 사랑아
사랑을 하려거든 돌 같은 사랑을 하라
바다 같은 사랑을 하라
난바다의 숨소리 속으로 멀리 멀리
걸어가 다시 오지 말든지

—「양양」 전문

시인은 강원도 "양양 앞바다"로 탐석 여행을 떠난다. 산다는 것은 나에게서 떠나 나에게로 돌아오는 여행과도 같지만, 그 과정에서 무수한 사람을 만남으로써 단순한 삶이 복잡한 양상을 띤다. 그 복잡함의 이면과 배경에 사랑이 존재한다는 것은 동서고금의 진리라 단정해도 하등 이상할 게 없다. 복잡에서 단순으로 이행되고 있는 삶의 여행에서 사랑은 큰 비중을 차지하고, 그 감정은 섬세하거나 에두르기보다 투박하거나 직접적인 모습을 보인다.

"양양 앞바다"에 선 시인은 "돌멩이와 파도"에서 사랑을 연상한다. 끊임없이 밀려오는 파도를 물리침 없이 받아들이는 해변의 돌들. "천만 년" 변함없는 배경과 행위에도 지겨워하지 않는 행위에 시인은 "살아 있"음과 지고지순한 사랑을 부러워한다. "무엇을 간직하는 일보다/ 무엇을 버리는 일이 더 쉽지 않"(「막도장만큼이라도」)은 나이에도 "부끄럽지 않은 사랑"은 부러움의 대상이다. "울음을 감추려다 들켜본 사람"(「사랑과 분노」)으로서 "돌 같은 사랑"을 하고 싶은 마음이 드는 건 나이라는 제어장치로 어찌할 성질의 것이 아니다. "밤낮없이 몸 바쳐" 하는 사랑만 사랑이 아니라 서로 믿고 의지하는 정신적 사랑이나 동료애 같은 사랑도 존재한다. '남세스럽다' 외면하고 밀어낼 수도 있지만 생물학적 나이로 사랑의 감정을 재단하는 위험을 범해선 안 된다.

나이를 먹어 외롭고 쓸쓸하므로 곁에 사람이 더 필요할 수도 있다. 하지만 시인은 사랑은 "믿을 만한 허구"(이하 「사랑의 수의」)이며 정情은 "믿지 못할 실상"임을 알기에 선뜻 복잡한 여행에 합승하기를 쉽게 결정하지 못한다. "이미 사랑을 앓을 나이를 지났지만"(「마로니에 블루스」), 부러운 감정이 행동으로 이행되려면 조건과 상황, 서로의 마음이라는 장애물을 극복해야 하지만 쉽지 않은 일이다. 그렇더라도 "늦은 만큼 철든 연애"(「연애하고 싶다」)를 하고 싶다는 속내를 감추지 않는다. 그런 시인의 사랑은 아직 "발효 중"(「샴페인」)이다.

> 가만히 다가가
> 지팡이처럼 기대고 싶은 마음
> 마음 기대어 하루쯤 울어도 다 받아줄

괜한 서러움으로 하루 종일 뜨거워지는
목을 만진다

—「씀바귀」 부분

한때 당신도
내 꽃이었기에

꽃을 보면
눈물이 난다

—「꽃의 이유」 부분

내가 그쪽으로 걸어가거나
당신이 이쪽으로 걸어올 것 같은

먼 데를 바라보면 그냥
눈물이 난다

—「누선淚腺」 부분

다시 「시인의 말」로 돌아가 보자. 시인이 베낀 것은 "아침과 저녁", "일출과 일몰"도 있다. 아침이나 일출보다 저녁과 일몰에 방점이 찍히는 건 어쩔 수 없다. 어스름, 즉 저녁 어둠의 시작인 박모薄暮는 시인의 생래적 나이라기보다 정서적 나이나 시인으로서의 위치에 더 가깝다. 아직 사랑할 수 있고, 젊은 시인들보다 좋은 시를 쓸 수 있다는 자신감의

발로이다. 일몰 후 잠시 밝고 푸른 박명薄明이 지난 시간이 어스름이다. 땅거미라고도 하는 조금 어둑한 시간이 지나면 금방 밤이 찾아온다.

"의무를 마친 것들은 아름답다"(「절정絶頂」)는 것을 충분히 인지하고 인식하기에 "어스름을 입은 저녁이 슬그머니"(이하 「저녁이 슬그머니」) 다가와도 "후회할 저녁"은 아니다. 다만 "가만히 다가가/ 지팡이처럼 기대고 싶은 마음"과 그 마음에 "기대어 하루쯤 울어도 다 받아줄" 것 같은 너그러운 품이 그리울 뿐이다. 이제 "가도 가도 되돌아올 수 없는"(이하 「모래시계」) 길이면서 "역류할 수 없는 시간"이다. "괜한 서러움으로" 꽃을 봐도, "먼 데를 바라"봐도 눈물이 난다.

이번 시집에 눈물이 종종 등장하는 것은 "고향에서 부르면 탕아처럼 돌아"(이하 「여적餘滴」)갈 준비가 되어 있고, 인생의 어스름에 "허물 벗는 참회"(「자작나무 인생」)의 심정 때문이다. 누구나 세상에 혼자 왔다 혼자 간다. 단순한 여행에서 조금 더 복잡한 여행을 희원希願하지만, 인생은 본래 "단독자"(「테이크아웃」)인 것이다.

"제 갈 길 의연히 가"(「굴신이 아니다」)는 자벌레처럼 "무량 흘러넘치고도 남는"(「시詩」) 시가 곁에 있는 한 시인은 행복한 사람이다.

현대시세계 시인선 127

저녁이 슬그머니

지은이_ 나석중
펴낸이_ 조현석
기 획_ 고영, 박후기
펴낸곳_ 북인
디자인_ 푸른영토

1판 1쇄_ 2021년 04월 28일
출판등록번호_ 313 - 2004 - 000111
주소_ 121 - 842 서울 마포구 서교동 467 - 4, 301호
전화_ 02 - 323 - 7767
팩스_ 02 - 323 - 7845

ISBN 979-11-6512-127-3 03810

책값은 뒤표지에 있습니다.
저자와 협의 아래 인지를 생략합니다.

이 시집은 한국예술인복지재단 창작지원금으로 발간하였습니다.